红尘执恋

Hong Chen
Zhi Lian

上官灵儿 /著

北京日报出版社

图书在版编目（CIP）数据

红尘执恋 / 上官灵儿著. --北京：北京日报出版
社, 2020.10
ISBN 978-7-5477-3729-3

Ⅰ.①红… Ⅱ.①上… Ⅲ.①诗集 – 中国 –当代
Ⅳ.①I227

中国版本图书馆 CIP 数据核字(2020)第 132812 号

红尘执恋

出版发行：北京日报出版社
地　　址：北京市东城区东单三条 8–16 号东方广场东配楼四层
邮　　编：100005
电　　话：发行部：（010）65255876
　　　　　　总编室：（010）65252135
印　　刷：成都兴怡包装装潢有限公司
经　　销：各地新华书店
版　　次：2020 年 10 月第 1 版
印　　次：2020 年 10 月第 1 次印刷
开　　本：880 毫米×1230 毫米　　1/32
印　　张：5.625
字　　数：125 千字
定　　价：30.00 元

红尘有真爱　执念待佳音

序

　　知道上官灵儿将要出诗集，我十分高兴。在她接受了我的祝贺以后，她突然话锋一转，"我要请你作序！虽然明知你忙有些于心不忍，但这个序非得你写不可！"这语气和措辞几乎与她对爱的追求一样执着，我几乎没有逃避和拒绝的理由。

　　任何一位出书者，尤其是首部书，哪个不看得像自己的第一个孩子一样？而作序的人选也是经过反复斟酌考虑的，所以，尽管十分忐忑，我还是很不谦虚地答应了。

　　接到诗稿，本以为可以一气呵成读完，然后一蹴而就。但半个月过去，却迟迟不敢动笔。倒不是因为上官灵儿所说的忙，而是在拜读过程中，累累被诗中的情绪所挟持感染而被迫中断，她的人、诗、生活等映象反复重叠在一起，令人五味杂陈、意象迭生而掩卷沉思。

　　诗集汇集了作者近百首诗作，作者说这是她从二十年来的所有作品中精挑细选并反复修改的一部分。这个我信，因为跟灵儿相识已十多年，知道她是一位勤奋的耕者，且很多感受、萌动或行为都喜欢用诗来表现。而在这本书稿中，我不仅读到了一个诗人对爱情的执着追求，更读到了一个诗人的人格魅力和高贵灵魂。

高洁的灵魂

有人说，诗人的灵魂是高贵的，而当前诗坛乱象令诗累遭诟病，也曾与作者谈论到垃圾、口水、下半身诗歌创作等，上官灵儿表现出不屑一顾甚至是嫉恶如仇，"别人怎么写我管不着，但我即便一生寂寂无闻，也决不会那样去写诗！"诗言志，言心声，诗是高雅的艺术。诗虽然是属于"自我"的，但它既是现实生活的投影，也是时代的产物。诗不强求去担当社会责任，但一个有责任的诗人却往往无意中担当起一种社会责任，我觉得这样的诗是高尚的，而不是低俗的；这样的诗人的灵魂是高贵的，而不是庸俗的。

"玉兰只开在树的顶端/象征你高贵的灵魂……武汉的樱花繁似织锦/而我的悲伤如春汛决堤/唯有借花献你——/在这场鏖战中/献出了宝贵生命的英灵"（《借花献你——致敬抗疫战中牺牲的英灵》）。庚子鼠年的春节，一场疫情挟裹了荆楚大地，任何一个真正的诗人，都会身入其中，为之所动，将颂歌铸进那一个个生命里、那一个个高贵的灵魂里！这就是诗人的"大爱"！

唯美的诗句

灵儿的文字是灵性而唯美的。

"将你的名字塞进背囊/只身去往遥远的北方/袖藏几缕南国的清风/拂开他乡桃花万朵//长风猎猎横过正午/似你在我心上肇事逃逸"(《你的名字》)寥寥数言,把一个被爱情俘获和沉溺于爱情中的人儿的心迹刻画得入木三分,艺术化得展露无遗。

"还我青春我还是浪费/还我爱情我依旧挥霍/我的昨日/是迷途在森林里的小鹿"(《昨日时光》)。这几句被无数评论者引用的句子,如此准确地描绘出对爱情失落的心理状态。

"我以为/将思念摁进暗红的酒杯/就可以溺死/挥之不去的忧伤//我以为/将自己扔进喧嚣红尘/漫生的落寞就可以/被密封进不为人知的过往//我以为/高山仰首吞下的夕阳/不会被黄昏割伤/而滚烫的夏夜/却灼痛了白嫩的月光"(《别后方知》)。这三幅场景,把人生红尘中悲欢离合的镜头植入进去,令诗句的感染力骤增,一个落寞断肠人的远景和近景交融在这三幅画面里,"远近高低各不同"。

诗中也有一些地域性、应景式的作品,与现实紧紧接壤,既有浓烈的"烟火味"和"生活味",也充分体现了作者的感情色彩,即便"写实",也不乏经典句子,体现出作者对诗歌语言的驾驭能力。"瀑布飞身跃下悬崖/以一种舍生取义的姿势/引世人注目/累了就在崖下的清溪里静坐"(《去慈云居》)。慈云居是随县作协的创作基地,作者这首诗镜像开阔,豪迈大气,动静结合,一幅"人格化"的瀑布飞跃跌宕的姿态跃然眼前。

"露珠夜夜含泪/见证花和树短暂的相聚……收购商意欲买断/你的哭泣/赚取传说中你体内的养分"(《桃花泪》)。一年一度的桃花节作者身临其中,是写花兮?还是写人兮?我们似乎看到一个古装的女子在桃树下面对憔悴的桃花悲切私语。

悲怆的爱情

文字是唯美的，而爱情却是悲怆的。

"只要你轻轻地挽住/我的手臂/我就会停止哭泣/就会将所有的悲伤都收藏/将我前所未有的温柔输入/你身体的每一个细胞"（《只要有你》）。此诗贵在含蓄，唯美，没有露骨的描写，没有歇斯底里的爱情，却给人一种艺术的至高享受。无论男女主角，顿生"弱水三千只取一瓢饮""只要有你夫复何求"的满足和浪漫。

"其实我是可以的/在风起的时候/阻挡你进入我的诗/可我却阻止不了你/在每一个日暮每一个清晨/以绝美的姿态走进我的心/再以旷世的深情/窒息我的每一次呼吸"。这首让人充满无限遐思的《理由》让人觉得，被人爱是多么的幸福，被她爱的人是多么令人羡慕！如此温馨、柔情似水的小女人情怀在诗里表现得入木三分。

可是，爱情是美好的，生活却是骨感的。爱情，更多的时候是甜蜜多于苦涩。

"一定要等那么久吗/等到半生之后/所有的誓言都已成谶/所有的希望都被岁月燃成灰烬……我只问你/一生的颠沛够不够/偿还你一世深情"（《答案》）。

深情的等待，泣血的叩问，近似于绝望的呼喊！处于爱情中的人儿，哪个不会动心？哪个不会伤神？对爱的追寻，对答案的索求，一句句振聋发聩，让人心碎欲裂！

"那么多年/我负责疼痛　你负责挥剑/滂沱的泪雨也从未洗净/你撒在我伤口上的盐/你疯狂刺向我的利刃/总是刚好命中心

脏　从未走偏"（《那么多年》）。这样震撼心灵的诗句，令人不忍卒读！似一把利剑，刺向我的泪腺，忍不住滂沱满面，给人万分的痛感和怜惜！

有什么比爱情中的伤害更令人痛苦，更使人悲怆？

上官灵儿很少提及她的感情经历，即便提及也是轻描淡写。无论是情感的挫折还是婚姻的无奈，诗中几乎可以一览无余地读出她对爱的渴望、追求和执着！

"得到的你可以不珍惜／但得不到的不是非要毁灭／不再伤害我／你似乎也能够存活／每一条被你堵死的路／我侧身　也能穿过"（《那么多年》）。放爱一条生路吧，既然不能彼此拥有，那么就让我侧身而过。

执着的信念

"是到了起身离场的时候了／在你终于弃绝我之前／而我最终要含泪一瞥的／仍是那一抹／置我于万劫不复之地的微笑"（《微笑》）。在灵儿的诗中，稍许的甜蜜也只是一种回忆，这种表面的洒脱、淡然与内心的焦虑、执着，形成了一种强烈的对比，认识或了解她的人更能感受到忧伤及唯美的诗句对灵魂的一种抚摸和撞击。

"紧紧攥住薄如纸轻如云的昨天／向岁月索还年轻容颜／岁月许我一幕壮丽的落日／一场旷世执恋／而你错过春错过夏／错过我的青春和少年／如今又要错过／这虹贯苍穹　晚霞满天"。

这首用作书名的《红尘执恋》，袒露了上官灵儿对爱情的执着和追求，也许只有对爱深入骨髓的人才能写出这么蚀骨的诗句。

无论怎样的伤害，无论怎样的决绝，无论怎样的践踏和毁灭，相信爱在世界上永远存在。上官灵儿本名黄佳音。让我们和灵儿一起坚定信仰，在滚滚红尘中拥一腔执念，一定能等到爱的佳音，得到爱的呵护！

"任伤怀蚀骨沧海桑田/斗转星移日月变迁/你不在却又无处不在/年年　月月　天天"。

是为序。

作者熊欣：系湖北省作协会员，随州市作协副主席，随县作协主席

2020 年 5 月 31 日

目　录
CONTENTS

红尘执恋

可惜你不懂

深爱后的别离

是一场生与死的博弈

可惜你不懂

闪电撕破天空的碎裂

似你　在我身上纵刀横切

格桑开成的绝色

萎谢在你转身后的八月

可惜你不懂

欲语未语的初秋

失去了葱茏的清愁

用一支烟的长度

丈量黑夜的宽度

恍然间

看见你谜一般的笑容

可惜你不懂
我纵歌飙车的孤独

拿原味咖啡勾兑生活
再满斟一杯忘忧水
稀释舌尖上的苦
可惜你不懂
沉默是一个人最悲的哭

我是那纵身投进沧海的粟
在蝴蝶身后练习飞渡
即使跌进海底也要
错身　长成一株　珊瑚

别后方知

我以为
将思念摁进暗红的酒杯
就可以溺死
挥之不去的忧伤

我以为
将自己扔进喧嚣红尘
漫生的落寞就可以
被密封进不为人知的过往

我以为
高山仰首吞下的夕阳
不会被黄昏割伤
而滚烫的夏夜
却灼痛了白嫩的月光

我以为　你来
是为了清扫一切的破碎
以为抽一束月光
就能将我照亮
赊一片云彩
就可以补缀内心的荒凉

别后方知
所有恣意挥霍的执狂与热爱
都只能转化为
饱含悲怆却又
绝不肯流泪的篇章

在凤凰山上　等你

顶级的摄影师
还来不及聚焦
千顷花海
便一跤跌进眼帘

湖边垂柳摇曳生姿
长臂轻拂出细碎的波纹
恰如我意图隐居的心思
秘密洇开的层层涟漪

我在潋滟的湖心
醉成一尾把七秒当成一生的鱼
在这个天然氧吧
活成长胡须的寿星

梧桐张开宽厚的手掌

撑着绿荫伞
随时准备迎娶待嫁的凤凰
扯一片云彩做成衣裳
邀一园格桑做一次伴娘
大朵大朵的幸福
便在梧桐枝头绽放

再没有任何奢求了
此刻　我只想
寄生在这一片花红柳绿之中
把我剩余的光阴搬进凤凰山
不必皈依
立地　便能成佛

你来　只需一双诗人的眼睛
满园的奇景就能丰腴
消瘦的笔
即使是秋冬时节
你来　只需一支长竿
不加钓饵
就能钓起一片春色

去慈云居

都说
悟空是承恩笔下的传说
我却分明看见他在龙泉村的
湖光山色中　复活
隔着幽梦般的水帘
向我描述
随北之水如何染绿了桐柏山麓
抱朴谷的长袖如何
舞出千沟万壑

纷沓的游人将妖精们惊醒
千年的修行镇不住
要到慈云定居的冲动
轻轻攀住一片云朵
即可荡出横跨两省的淮河

灵佛端坐于深山的庙宇
教我不要暴露他的行踪
众生的迷茫呵
就在那合十的掌中

瀑布飞身跃下悬崖
以一种舍生取义的姿势
引世人注目
累了就在崖下的清溪里静坐

我的前生
曾是这山上牧羊的男童
今世前来
只为再把满山的美景尽收

从异域风情的木屋别墅
到仙雾弥漫的亭台阁楼
从重峦叠翠的山峰
到林荫小径的美味野果

我决定占山为王
世代只食本地的烟火
借慈云居檐前的秋千
荡向淮河的尽头

昨日时光

我以囚徒越狱般的
急切和仓皇
奔走在逃离过去的途中
却尴尬地和命运狭路相逢

凌乱的足迹在心宫重叠
踩疼了幽微的昨日的背脊
独有那神情戚戚的星光
洞悉我盘桓踯躅的秘密

这夏日繁盛的林木
这四季轮回的仓促
这笔下依然不能复活的爱呵
隐藏在日与夜的交界处
不怀好意地逦待我
被岁月的利刃刺中

还我青春我还是浪费
还我爱情我依旧挥霍
我的昨日
是迷途在森林里的小鹿

这动用平生所学依旧苍白的语言
这灯下千转百回仍不满意的诗篇
这寂寂长夜里哽咽的风呵
还不肯倦极而眠

这明晰又模糊的意象
这越来越凸显的生命真相
茫茫人海
唯余我在频频回望
回望那绝不能重现的
昨日时光

红尘执恋

如何将你写进一首诗
是我穷尽一生思考的命题
你却在比远更远的远方
分崩离析了所有语言

紧紧攥住薄如纸轻如云的昨天
向岁月索还年轻容颜
岁月许我一幕壮丽的落日
一场旷世执恋
而你错过春错过夏
错过我的青春和少年
如今又要错过
这虹贯苍穹　晚霞满天

我循着时间的轨迹
探索着你瞳仁深处的不舍和怀恋

你承认你的爱已输给了时间
淡漠耀盲了我双眼

任伤怀蚀骨沧海桑田
斗转星移日月变迁
你不在却又无处不在
年年　月月　天天

你的名字

将你的名字塞进背囊
只身去往遥远的北方
袖藏几缕南国的清风
拂开他乡桃花万朵

长风猎猎横过正午
似你在我心上肇事逃逸
我决定挤出你
像挤出衣服里多余的水分

阳光正好　打马穿过
粒粒红尘下落不明
怀揣一腔游侠的豪气
挥剑斩断回家的路
再以运动员投篮的精确
把忧急掷还给命运

让记忆一如成熟的果实
汁甜肉蜜
被岁月擦伤的脸上再无痕迹
让已经消失的你
消逝于我的心

不经意地竟让交替的日月
织出了我浓密的白发
路漫漫归来兮
我的暮年昭然若揭
偌大的背囊里只剩下一生故事
和你的名字

诗心
——寄呈熊欣新书出版

因了与生俱来的诗心
你才得以三十年如一日
致力书写
用单纯的文字去描述繁复的意象
谁敢质疑　它的悲壮

那《春风十里》吹开的
《温情的花朵》
是你失手打翻的香水瓶
散发出浓烈的馨香

那字里行间呼之欲出的
是带我们飞越万水千山
重回旧日时光的隐形翅膀

传说　你因悲悯苍生
才固执地执笔
撰写大爱　从未停歇
如暗夜的飞蛾扑向烛火
义无反顾地为文学献身

是禁锢　也是释放
是对灿如烟花的生命的绝唱
是呼唤　也是希望
是语不惊人死不休的痴狂

永难忘记的
是初次阅读时灵魂的战栗
"不谈爱情"
是你最凄绝的告别
如此
文字才成为你的至爱天使

其实　一首诗就是一个
沉默的你
此刻　你就在我的灯下
坚定地用文字唤醒
被岁月遗忘的记忆

你是知道的
一千个人呵就有一千种解读

我　作为您的学生

还在懂与不懂的夹缝

　　注：熊欣，湖北省作家协会会员，随州市作家协会副主席，随县作协主席，著有文学作品集《温情的花朵》和诗集《春风十里》。

答案

一定要等那么久吗
等到半生之后
所有的誓言都已成谶
所有的希望都被岁月燃成灰烬

要等到潜伏的怨怼铺天盖地
等到时光滤出的真相
把伤害传递
等到自我的搏杀都转译成诗
你才惊觉　此心未移

一定要等那么久吗
等到泪水枯竭
那拿什么来浇灌美丽的记忆
这愈来愈紧的枷锁啊
是我用尽全力也无法

挣脱的囹圄

我只问你
一生的颠沛够不够
偿还你一世深情
这有限的人生这无解的谜题
永远不要回答我吧
无论我怎样发问
无论这是痛苦的桎梏
还是忧伤的甜蜜

其实沉默也是一种回答
我们长长的一生
往往耽于
这种无解而又绝美的诱惑

蒜瓣

是谁要这样无情
生生剥开我的心
是残忍的人类　还是
我自己的命运注定要分离
连系着我们的薄衣相互撕扯
最终绝望地分离
相见已不能再识
瓣瓣逃不开剥离
请将我碾得更碎
盛装在同一器皿
血和肉再度融为一体
问谁还能捡拾一瓣一瓣的过去
请咽尽我最后一缕香气
忘记我曾怎样固执地坚持
坚持要把完整
呈现给不完整的人类

花逝

我是何等幸运
又能看到你被春风披上的华丽彩衣
我又是多么忐忑
不敢轻触你如幼婴般娇嫩的香肌
我又是多么无能呵
以诗之名都不能将你的美
刻画万分之一
要怎么才能免于憾恨呢
除非　夏至
还能随处觅见你的踪迹
而轮回的四季
将我的热望无情湮灭
我只能将你纷繁馥郁的心事
秘密收藏
连同我的伤怀
寄存在永远无法成篇的诗里

是谁告诉我
生命的华美不仅在于花开
就如年少
失去爱情不等于失去青春

月光下

——之一

站在爱情岛的中央
揽一把清凉的月光
琵琶湖的水呵
已相思成殇

荼蘼的彼岸花
点染蚀骨的忧伤
远处莹亮的渔火
耀我至盲

对月举杯　夜已深醉
今夜的我
还将枕着思念入睡
收捡起一湖月光
放纵你在我梦中徜徉

而星星早已启程
晨光即将莅临
把诺言都夹进书页吧
翌日
你和文字挽手
走进我的诗行

月光下
——之二

若时光可以倒流
一切可以重演　请
万能的神呵为我安排
让我回到那一年的
那一个月夜

年少的你
携一款底色纯净的深情
从江南的书画里蹁跹走来
绰约的风姿装饰了青春
月光下的剪影站成永恒

半生蹉跎一生憾恨
月老的红线愁肠百结
堤上的芦苇捋了捋白发

时间的沙漏就滤出生活的泥沙

说好了不哭
约好了要把彼此忘记
就这样微笑着
微笑着静候你的余温散尽
微笑着把悲愁藏紧
微笑着把坚强延续到生命的终结

如梭的岁月会风干你不舍的泪水
似水的流年
会将我从你的记忆中抽离
只剩下一帧模糊的影子
随着日落　随着月升

谜底
——致命运之神

要等到水落石出
还要蹚过多少孤单的路途
明知前路危机四伏
却依然执迷不悟
我给自己飞蛾扑火的决绝
冠以一千个不得不如此的理由
不惜错过香熏蜜酡的花朵

你噤声不语
沉默如埃及雕塑
一任我哀哀无告的灵魂
左奔右突
要怎样你才肯
将最终的谜底公之于众
要怎样才能窥测到

你设计好的定局

你坚持守口如瓶
直到我将青春耗尽
将岁月蹉跎
我并非一个贪婪的女子啊
向你要的并不多
我的爱　已成化石
为什么只有在诗中
你才许我和他相逢

其实又有什么好追问的
你早在我落地之时
已将我形塑
即使你许我循原路返回
谁也不能将我拆装重组
我最终还得
属于自己命定的归属

游子吟
——敬致诗人解志刚

你钟意在海边踱步
顺便打捞尘封往事
细细反刍
海浪伸出蓝色的舌头
卷起你半生跌宕
以惊涛骇浪的方式　起伏

由北到南　丛林密布
你披荆斩棘的手
也曾被绝望紧紧扼住
但你数十年如一日
悬梁刺股

爱诗歌却辍笔从商

爱儿女却顾不上情长
为了心中宏伟蓝图
三千黑丝　一夜忽染霜

你钟意在海边静坐
看一盏夕阳被鸥翅打翻
扯一片云彩将思绪填满
游子的心呵在此岸
扬一帆思念的船

你写在沙滩上的诗
被潮汐卷回故土
一尾洄游的鱼
将四面八方的诵读声传送
脆生生　水灵灵的笑
等你在归乡的路途

乡愁
——敬致诗人解志刚

乡愁是一首歌
循环的思念萦绕你眉间心头

乡愁是一个梦
梦里梦外都是你热恋的故土

乡愁是一叶舟
你撑一篙睿智的桨才成功泅渡

乡愁是一只鸟
飞越千里依旧魂梦相守

乡愁是一湖水
半帘烟雨就撩动满怀浅忧

乡愁是一杯酒
是深醉不消的浓香醇厚

乡愁是一首诗
你低眉颔首间就酝酿成熟

你怀揣慈悲行走江湖
玻璃一般透明的心煨热南方沃土

而我所知道的是那么多又那么少
关于你的传奇我不能尽述

我只是你乡愁中的一个词
在你缜密的思维里迷失路途

无法逾越的时空之距呵
诗　是唯一的方舟

注：解志刚，随州市尚市镇人，系广州英爵教育投资有限公司、珠海崇文教育投资有限公司及珠海阳光教育投资有限公司创始人。现供职于中山市雨露教育集团。

海市蜃楼

沉默加上距离
我再怎么努力地追加只言片语
都不能挽留黎明的天边
星光的寂灭

那重叠的如海浪般
卷起又退回的欢娱
此刻都倦怠地静卧在
时光的长河之中

当刮骨的疼痛逐渐进逼
我终于相信
你不过是那转瞬即逝的
海市蜃楼

千年之前
你是我笔下炫目的女子
今世前来
只为这惊鸿一瞥
确认你的惊呼还未出口
你已雾般优雅散去
我终于明白
再长久的停留只是为了等待
我泪水的逆袭

转眼又是一世
我终于只剩下一副枯干的躯体
为什么在千世的轮回里
你永远不能到达
永远在天边　展现出
我生生世世无法企及的
美丽

去年今日

三月的尚市
像是花神手中沉睡了一冬的
一粒饱满的种子
被调皮的春风轻轻一推
来不及伸个懒腰
就将粉嫩的桃花铺延千里

鹅黄的嫩叶藏紧衣袂
甘愿将柔媚的花儿托于掌心
桃树在排列这个顺序的时候
大概曾与花神有过商榷

其间几株梨花白得正好
像万红丛中耀眼的星星
蜂蝶在游人的眼波下迷路
躲在攒簇的花间脉脉絮语

这里的阡陌纵横交错
这里的桃花没有源头
这里的柳丝轻摆纤细的腰肢
就拂开游人脸上笑靥万朵

他们都曾涉过人生的沼泽
今日不辞遥远的路途
渴望揣走几缕醉人的幽香
也渴望心花一并在枝头怒放

一年一度
桃花在尚市走红
不需媒体大肆渲染
就赚足了游人不舍的回眸
来年今日　再来
与这场温婉的花事相约

诗成

我的忧患在于
向谁求得一只神来之笔
用以将你
完美地融进诗行

我的矛盾在于
如何藏好逐渐成形的诗里
那茶一样浓的忧伤

而彻夜不眠的风
又将你送进我的梦乡
你冷杉一样的身姿
踟蹰在模糊的视野
一如你在我诗里的低回与彷徨

到底是驻留还是挥别

你从不曾给我答案
诗也不给
这也是我的笔总在流泪的原因

纵使我的灵魂已洞察一切
纵使黎明已将黑夜劫持
我仍不甘就此搁笔
不能完成一首美丽的诗
如同今生没有遇见你
抱憾泉下
神也会为我忧戚怅惘

晓梦不醒呵诗在唇边
只待你涉过遥遥风景
让我能够仔细辨识
我保证
命运不会代我发问
只待你近前一步
我就可以出口成章

相思的疾

把梦切下一块
放进你均匀的呼吸
如此我就可以随你进入同一个梦境
我可以
把天空染蓝　把大地涂绿
让欣喜和安然取代你长日的叹息
草茵　风柔　雨细
难道还不能医你相思的疾
湖心轻舟　我已为你调好
六弦素琴
只待你清越的歌临风唱起
亲爱的　别再把生活锁在门外
人世间
又有谁不为岁月所欺
清贫如我　无以相赠
只有我的诗如散落的玉珠

悄然串起你的浅笑

秋千一般

在你唇边荡起

相忘

用短暂的欢乐
换我今日所有的悲凄
用瞬间的灿烂换我一世孤寂
不要对我说愧疚
因为火焰般的痕迹已深留
难道离去是你唯一的决定
决然是你最后的表情
难道快乐和痛苦真的是两面一体
爱的末途是决裂
可无论分离的时间多么久远
你的爱已在我心间
生根茁壮　并且蔓延
无论距离多么遥远
即使是亿万光年
寻你　是我
不辞万苦跋涉的终点

为你　我愿意

为不错过静夜里你的弦响
我愿做
窗外那株挺立的白杨
为不负你那句美丽的誓言
我愿意
终身只留寂寞在枕旁
为不使你月下唏嘘惆怅
我愿意
偷偷叠好相思妥善收藏
为拣一瓣唇边的馨香
我愿意
豪奢地浪掷一世的韶光
为不负那星辉盈窗
我决定　来世
仍把那盏候你的心灯点亮

子期　你来

我知道你一定会来
脚步被什么阻碍
我凝成琥珀的心
永不停歇地做着彩排

子期你来
三曲又绝　瑶琴已破
晃眼已是千年
九真山上
白发已被风吹断

子期你来
江水回流　玄鸟翩飞
风声鹤唳的山冈
荆棘怎能将你埋葬

子期你来
草庐已倾　琴弦已废
古琴台上　千古憾恨
无法释怀的
何止是我　还有众生

咖啡

像罂粟　体内带毒
而我已彻底沦陷于
你的诱惑
但我拒绝任何形式的搭救
恋你成痴
是我没有选择的选择
日复一日
我用文火慢慢熬煮
发誓要把生命的内核熬煮出
如你一样的香浓
我不急
有烟把失眠的凌晨
烧成灰烬
有你填补岁月罅隙里的孤独
我不急
有爱重新点燃心里的火种

有笔把碎裂的心怀细密缝补
我不急
挣脱你的桎梏需要脱胎换骨
受困于你呵如同众生
受困于生活
在经过千万次的尝试后
我已放弃戒你

在世界的尽头等你

等你
是我私自与诗稿的盟约
你并不知晓
这纵横的文字
如何将我的一生固执缠绕

等你
酝酿好一切关于未来的细节
携一管清瘦长笛
纵身打马
来和我　清婉丽音

等你
穿越今世千重峰峦
把重逢的机会播撒在来生
好让我在下一个轮回

截住你

等你
在世界的尽头
即使爱与谎言合谋
即使我终将
与你的诺言　错肩

隐者

这次决计不再惊扰文字
也不惊扰你
人间烟火正盛
我选择百里之外的古镇
留你在这悬浮着灰尘和
肮脏的尘世
我独自上路　踏歌而行
笃定地向着优雅迈进
我的终点月照花林
听布谷在千年的唐诗中吟唱
觅先人在月影里藏下的诗魂
山泉洗我素颜
蛙声隔窗伴眠
煮水烹茶　冲淡郁结挂牵
遥远的问候
沾着夜露打湿诺言

今夜
我朝着命运既定轨迹的反方向
以两百迈的时速挥别过往

观众

终于明白导演为什么安排我
在剧场最幽暗的角落
因为你的故事里
她才是不可或缺的主角
无论我朝着哪个方向奔突
都不能进入这场旷世演出
我只能远远地
观望着你和她无懈可击的配合
再报以热烈的掌声
和深藏于心的倾慕
而你是不能回头的
在幕还未落下之前
所以你永远不会看到
那个微笑着为你流泪的观众

长城

不能赠你玫瑰的馨香
不能予以热情的拥抱
你仍调集和煦的阳光
千里迎我

多少诗曾吟咏过你的恢宏
多少人曾赞叹过你的磅礴
我捉襟见肘的表达
伏在城墙上颤抖

找不到一种文字
可以准确描述
这游弋在崇山峻岭上的巨龙
千年不变的面容

那浸染着民工汗水的青石上

有孟姜女的泪雨和
现代人的深情抚摸

收起贪婪的目光和镜头

闭上眼睛我亦能预料
这条裹挟着战火硝烟的缎带
将蜿蜒地伸进
我今夜的梦中

梦圆金街

弹指一挥
谁将这颗璀璨的明珠
镶嵌在神农大道的腰间
熠熠银辉
搅动湖心涟漪潋滟

谁将府河桥
飞架于现实和梦境之间
七十年厚积薄发
横渡 只需一念

千千水岸·金街
如破茧而出的巨大彩蝶
触须通达白云湖堤
翅翼能扇动城南城西

神农闻讯而动

编钟奏响天籁

锃亮的文化名片穿越历史的云烟

见证了白云湖畔

令全城惊艳的巨变

追梦人

春来秋去寒暑更替
你依旧在梦的尽头伫立
白发的追梦者呵
你的守候
只换来语言之外的沉寂

我只是尘世中一俗极的女子
哪有什么幽兰的奇香
清荷的美丽
更没有你判定的才华横溢

芳华已逝　情根已绝
只剩下一颗悲喜难分的心
在乱世红尘辗转流离
无谓忧愁无谓欢喜
听秋雨滴沥闻松涛低吟

看落英缤纷笑浊世执迷

灿如朝霞的青春已弃我而去
爱做梦的我已把梦敲醒
身体只是灵魂的暂时寄居地
有谁不是时刻准备着迁移

白发的追梦者呵
难道你还不肯停止向我的步履

芳草青青　明月千里
独自行走在漫漫长堤
任风吹皱满湖清波
任浅笑荡漾紫纱飘逸

也许　我还会继续写诗
因为我深爱朋友父母孩子
还有在我的诗中
反复出现的你

白发的追梦者呵
请你驻足凝听

我不是凤凰　我是凡鸟
来到此世　只为历劫
焚烧之后再浴重生

无论命运予我怎样的困苦打击

在盈盈的泪光中

仍能含笑屹立

幻象

总是要爱过之后
才洞悉爱的悲凉
总是要在悲凉之后
才知思念如草　遇风滋长

无眠的冬夜总是太长
寒风总似你来轻叩我窗
到底是该躲避还是该盼望
在无法确定你是否到来之前
我亦耗费了整整一个晚上

曾以为我有足够的意志
囚禁自己的思想
以为笑着笑着就能把你遗忘
而你如花般的笑容
总是猝不及防绽放在我心中央

为什么我拒绝不了
因你而生的一切幻象
为什么总把幻象当成庞贝来珍藏

难道就没有一扇门
可以穿越地狱通往天堂
难道就没有一种爱
可以永不相见
就如织女
永世孤独地凝望着牛郎

请允许我在此刻做主
把你定位于我的幻象
永不相拥亦永不相弃
永不执手亦永不相忘

兰花草

跋山涉水
你我终于相遇在陡峭的山壁
满怀着感动与狂喜
将你驯养在小窗的周围
曾那样热烈盼望的花期
已悄然而逝
你在荒莽的林间盛开的蝶翅
却始终不肯给我的窗台
一抹芬芳馥郁的美丽
到底是哪里出了差错
难道你需要的
只是那片
洒满了朝雾和月色的山林
难道你不爱这繁华的都市
像我
不爱喧嚣的人群

剧情

应你之邀　我已盛装
隆重登台
在你中途退场之后
场外的观众掌声雷动
我的爱情故事缺席了主角

曾那样坚定地要与我同台
到了今日你默然转身
背影已远
只留下难以为继的剧情
忧伤地突兀

随着乐曲
我凄然地把妖娆舞动
涂满了油彩的妆容泪如雨落
怪只怪我还没有学会怎样谢幕

或是在害怕幕落的灯光
把绝望泄露

再相遇时
辗转又是一世
空气中弥漫着前世的忧伤
世世逃不过无缘的宿命

这百般乞怜亦无法更改的命运啊
就算改装易容更名换姓
我饰演的仍然只是一个小丑
明明是在幕后
却偏偏跳到台前
一任观众稀落的掌声将我羞辱

别再把你的余生许诺给我
我已用泪液将你层层包裹
把昔日的狂乱锁进文字
再装订成册　束之高阁

从此　一生不贪红尘之恋
一世不奢相见之缘
来生不求再遇之份
永世不忆今日之面

我

我喜欢背上吉他

到城外去做短途的流浪

喜欢在无人的旷野

纵声高唱

不要在意我的忧郁

也别紧张我一度的踯躅彷徨

更别把我诗里的低回和缱绻

当作我的情感经历去猜想

因为我的悲喜就刻在脸上

我喜欢浅吟

喜欢千万次遇合又

千万次退让的浪

喜欢看微雨飞扬听晨鸟歌唱

我一直是欢笑着奔忙在

熙攘的尘世间

谢绝惆怅谢绝忧伤

谢绝一切有害无益的情绪

的来访

情愿

我情愿化成一阵风
只要能在你的裙边曼舞
我绕过山峦绕过溪流
绕过命运给出的无解难题

我情愿化成一块冰
即使是在你的冷漠下凝固
从冰点到沸点
只需一个眼神就足够

我情愿化成一条路
终生只待你一次涉足
暖融的风里你优雅止步
我发芽的心事就即刻破土

我情愿化成一支烛

燃尽此生只为驱逐你的孤独
摇曳在你清澈的瞳孔
我甘愿囿于方寸故步自封

那么多年

我们分别从岔道口
拐进那条通向儿子新房的路
那么多年
一直盘踞在你心里的鬼
狡黠地把你一生捉弄
主说　宽容饶恕
可是那么多年
时间也没能成为医治我的良药

那么多年
我负责疼痛　你负责挥剑
滂沱的泪雨也从未洗净
你撒在我伤口上的盐
你疯狂刺向我的利刃
总是刚好命中心脏　从未走偏

此刻　我隔着光阴看你
隔着那些锐器穿心的痛楚
那么多年　第一次
你终于低下羞愧的头颅

得到的你可以不珍惜
但得不到的不是非要毁灭
不再伤害我
你似乎也能够存活
每一条被你堵死的路
我侧身　也能穿过

写诗的女子

你已离去仿佛离弦的箭翎
每一次提笔
都是为了找寻你的踪迹
如果不停地写下去
诗中的你
是不是就可以重现一次
再现的你是不是就可以
激活我已死的细胞
还原我的平静

空怀着一个诗人的梦
夜夜浅吟
你的微笑就反复出现
宛如荷的蓓蕾淡雅迷人
愚钝如我呵
却无从描摹无从下笔

但我仍然要不停地涂写
直至写出一首绝美的诗
来为你我的结局做精确的诠释
如果我的文字再也无法
驾驭我的心情
我就不再写诗
想必你也同意并且赞成

滚滚红尘

怀揣夏季和煦的风
我在九月的枕上安眠
那两个不忍出口的字
还含在唇边

梦提着一盏温柔的月亮
将山尖上打坐的云割伤
秋天站在楼下
以我仰望天空的角度
朝我打量

园中蔷薇已枯
我坚持不醒
醒来就得装出一副
被命运驯服的安静表情

我没有痛苦也不挣扎
我收紧身骨
像蜗牛蜷缩在自己的壳里
只待　只待
那两个字一出口
一跤跌进滚滚红尘

明月谷之格桑花开

我决定了
广厦三千只居一隅
碧海万顷只取一滴
娇媚万朵　独爱
明月谷里
格桑花的端庄清丽

宛如瑶池出走的仙子
翩翩飞临
衣袂不沾凡间灰尘
姿色倾城　迎风俏立
让吻你的春风
亦醉倒在五月的怀里

银杏纷纷脱去旧年的衣裳
不约而同地

将嫩绿披在肩上
我如碧果　隐身其中
又探头红尘

几条小路从山上走下来
水蛇似的溜进水池
荡漾的波纹宛如游龙
随时准备约春风一起
浪出池堤

嫦娥淘洗出白白的月光
遍洒周遭葱茏的山冈
农家少年的牧鞭
抽缺了山坳里夹着的月亮
母亲悠长的呼唤
将游人的归路喊弯

一个诗人在明月谷走失
将传说中的八瓣格桑找寻
她怀揣一卷凄美的情诗
阕阕瘦词　填不尽相思

易变的承诺

我要等多久
才能穿过夏雨秋风
在皑皑白雪的山巅与你相逢
我会如约前来
携着沧桑岁月刻在眉间的深皱
你扯住时光的衣袖
向它追索我年轻的面容
是什么
把曾经燃烧的热望冷却
是什么
把曾经刻骨的记忆冰封
是什么让你我
如此熟悉而又陌生
是什么让你我
如此接近又远隔天涯
这一切都要归罪于易逝的时光
还是　易变的承诺

云峰山茶园之禅修

沐一场淋漓的春雨
美丽的春姑娘便潜出冬的藩篱
披红挂绿　盛装出镜
柔暖的风儿略一颔首
嫩绿的牙尖
就纷纷跃上茶树的肩头
飞燕般　轻盈地起舞

采茶的少女皓腕翻飞
似一条银鱼在碧波里游弋
弧度优美且茶香幽微
仰面能羞红云霞
低眉水粉般温柔

山鸟和我一起
在梯状逶迤的茶园迷路

它并不惊慌　我也不失措
置身在这一片碧海蓝天
无须问归途

其实　我也不善修辞
只喜欢将品茶当作修行
观一片片绿叶在杯里沉潜
本身就是一首禅意的诗
至于这一片灵秀的山水
还是留给真正的诗人去描摹

紫薇庄园

须得历经几世的韶光
积攒几千万兆能量
才敢有如此奢华的构想
为炎帝神农打造后花园
是几代人未曾实现的梦想
你轻挥衣袖
就将一个紫色的梦
根植于美丽的家乡

缤纷的花树
是你诗意的情怀
妖娆的杜鹃
是你对故土的热恋
荷塘月影摇曳着
你如莲的心事
荼蘼的紫薇花正凿开梦境

牵着七月的衣襟
款步而来

那浩荡如春水般的嫣红
携着扑鼻的清香
在乡亲们热切的目光下
恣意汪洋
陶醉着如诗的岁月
亦惊艳了周家寨的时光

想我该赤足拾级而上
攀折一支秀竹清扫落红
或在温润的晨曦种一粒希望
来年春日发芽破土
上结　叫作幸福的果

且让我以荷池的水净手
然后抚琴清唱
这漫山遍野动人心魄的绝美
和绿荫掩映的村庄
那是我舍尽尘世所有
依然只能神游的地方

你的方向

我决定
在你距离我的城市
安装一个至大无外的绝缘体
使网络瘫痪　音讯隔绝
让所有的电网无法运作
把过往船只一律封锁

你总有想起我的时候吧
当细雨轻敲你的窗
微风拂起你的纱幔
当默默走过街角的你
错认了那个酷似我的背影

当寂静山林　月色如水
我忧郁的眼神
一如夜空中闪闪的寒星

毫无防备地照进
你辉煌明丽的世界

想必你是知道的
纵使天塌地陷　宇宙崩毁
纵使我化成一股轻烟
也要向着你的方向
飘散而去

生活的样子

把微笑仔细安放在脸上
去穿越城市的灯火辉煌
害怕这静美的时年翻墙而逃
夜的浓黑
捂不住隆起的悲伤

我明白有什么在暗夜蛰伏
急切等待我归来的脚步
不见落日来送我
浴后的月亮　影子踯躅

众多星星的谎言
天明自会水落石出
断了的琴弦期待时光来修补
被遗忘的旋律
伏在琴弦上颤抖

我与沉默有个约定
一生一世在暗夜对坐
静候黎明
来收拾这无语的迷局

我终是要长身而起
投入到每一个风生水起的
日出日落
在命运判我极刑之前
在我隐藏好所有情绪之后

夜戏

人生是一场终将散场的夜戏
而我为什么还要等待
等待一次盛装登场
尽情歌舞的机会
为什么不能做一个安静的观众
看幕落幕起
并随之欢呼或叹息
美
不一定要在舞台上才能被演绎

莫把梁祝唱得太凄美
生死相随的爱情只是神话
剧作家要的就是
台上台下疯狂的泪水
我　是这个故事中没有哭泣的唯一

且看我今日如何编剧
如何把震撼和凄迷
植进华丽的舞台
使所有的观者也为之坠泪
然后以绝美的姿态转身
我　是这场夜戏唯一的知情人

秋夜絮语

从还在淋漓的雨幕
看见你已然走远的背影
我的世界
如同海啸过后的渔村
热情燃烧后的灰烬
陪衬着一地狼藉
急于修整满目疮痍
我已忘了怎么哭泣

原来
一直覆盖在我表面的坚强
其实是一张网
漏洞百出地泄露着我的惊惶

再也找不到任何理由
与你相见

更怕你探究的目光洞穿了
转身后的落寞不堪

无法想象余生
还有多少个这样的夜晚要承担
你的背影
拉长了多少欲言又止的喟叹
情如朝露呵衣单风寒
坚冰一样的尘世
只余文字永不背叛

生命之歌

还不曾年轻就已垂暮
青春是一场慌不择路的追逐
季节换下的衣裙
被生活扔得七零八落

我徒劳地挥舞着盔甲
却再也抓不住青春的尾巴
我奋力地扑赶着时光的巨轮
却苍老在滚滚的尘下

我们时常说人生如戏
而作为导演的自己
却无法任意修改或缺席
我们时常恨岁月无情
恨它在我们脸上留下
刀砍斧凿的印记

我学着把疼痛炮制成快乐
用谎言做它的外衣
我躲在暗处调配泪水
再用坚强为它筑堤

且在下世的轮回
渴望开花的植物
遍布在记忆中空芜的旷野
快乐
洋溢在每一个生命的内里

终于

终于学会了如何遗忘
如何折叠时光之后的时光
终于学会闪躲
清晨微光里来袭的忧伤
断落犹凝和期盼的滋长
终于学会如何窖藏
酒般醇冽的往事
摁住喷薄欲出的热望
终于学会
将一生故事收进行囊
背起　卸下
都要饱含深情地活出坚强

致命诱惑

也许
你正疾行在寻找我的路上
而我心早已在等待中枯黄
只剩一颗饱蘸泪水的心
迷失在荒凉的沙滩
潮汐来时
卷走了唇边绝美的诗句
还是相忘吧
若来生你仍能
准确地将我的背影记认
而我正努力将孤独向大海投递
那么多的浪花在飞
每一朵都是我寂寞的今生
和未被岁月废黜的
致命诱惑

理由

其实我是可以的
在风起的时候
阻挡你进入我的诗
可我却阻止不了你
在每一个日暮每一个清晨
以绝美的姿态走进我的心
再以旷世的深情
窒息我的每一次呼吸

到底该以夏般炙热还是
冬般寒冷来对你
原谅我没有足够的智慧来决定

热切的渴望和冰冷的意志
在永无休止地拔河
命运在中间被撕扯得

面目全非　血肉模糊

我说过的
你爱的不是我
而是你的心中对浪漫的执着
我是说过的呵
放下过去
才能腾出双手将未来把握

今日之后你终于明白
这个喜欢在阳光下微笑
喜欢在沙滩上赤足奔跑的女子
终于找到了　足够的
不见你的理由

孤独症

我站在十九楼的高空
迎着乍暖还寒的春风
把那个在物欲横流的城市
仍寻求的完美的愿望
凌空抛售
借着满天星斗
我看见完美假象在落地时
碎成一地流苏
行人车辆谁都没有在它面前停留
人们忙着奔走忙着寻求
没有一个人像我
忙着向世界攫取绝对的孤独
做一个沉默的人吧
不抗争不申诉
拒绝任何力量的搭救
然后
扼住命运已调好的弦
用恰到好处的力度

沙粒之恋

汹涌的潮汐已退
沙滩上一片狼藉
谁来收拾热情过后的残局
谁能还原你来之前的宁静
所有战栗的相拥
只是为了此刻深浓的思念
所有华美的相见
也只是为了此刻凄绝的别离
所有痛苦的等待　也是
为了再次臣服于干涸的命运
今夕是何夕你来何期
心待君兮你去何急
如果你的到来不是因为潮涨
那么我愿终生
守候在这古老的河堤

只要有你

只要你轻轻地挽住
我的手臂
我就会停止哭泣
就会将所有的悲伤都收藏
将我前所未有的温柔输入
你身体的每一个细胞

只要有你的频频回顾
我就会变身一株倔强的植物
在最荒寒的地带也能
破土而出

只要有你静静地注视
我就会放弃一切
来赴你的生死之约
就会跨越旷古亘久的荒漠
为你　一生守候

距离

跋涉千里只为前来向你诉告
我所有的昨日
浸透悲苦　弃绝欢笑
只缘于少年的你
那次深深的回眸
神啊
请再听我虔诚的祈祷
请将我过往的航道
一一做出路标
请所有的行人车辆为我让道
好让我在飞奔向你的路上
不再遇上阻挠
为了这次短暂的相聚
我历经了一生的煎熬
无论时光以怎样迅猛的速度
在我身边飞逃

无论额前白发怎么奚落嘲笑
终我一生也要追寻的爱恋啊
为什么总距我千里之遥

故友

是你吗　在灯下
仔细翻阅我的诗稿
在散乱如斯的句子中
搜寻着我少女的踪迹
你是在寻她还是在找我
而她是哪一个
哪一个才是真正的我
请别再试图说出
年少时没有说出的那一句
更别在我的诗中读懂她的悔痛
她已为年少的羞涩
尝尽了一生的苦果
让过往种种
随着这烛火的灼烧燃成灰烬
让我们一起举杯
互道珍重

微笑

终于发现
所有的赞美及热爱
都不过是一场并不高明的表演
而我为什么还要
随着你的表演欢呼或坠泪
这一切都要归罪于自己的轻信
和那颗一直在磨难中
仍不肯成长的心
该感谢的是那
同样盛装登场的月光
在照亮了舞台的同时
亦照亮了面具下的真实

从此
再完美的演绎都是浪费
再华丽的语言也都是多余

是到了起身离场的时候了
在你终于弃绝我之前
而我最终要含泪一瞥的
仍是那一抹
置我于万劫不复之地的微笑

错过

终于让寒冰冻结了你的执着
把幽怨在你心里深种
终于把一切音讯彻底断落
使得你不再说爱我
但愿这一切能将你救赎
从此你该知道如何闪躲
生命里不断袭来的刺痛
不是我立意要与你错过呵
是命运安排你
做了对岸的那盏灯火
我是那哭号着扑向岸边的海水
命运就是那一再
将我推回大海的浪潮
即使有一天我终于到达
被湮没的又岂止是你的光芒
所以错过
也许是最好的结果

后悔药

如果世间真有那么一种药
请允许我用我的所有
换取一颗
神说　你的所有
就只是这一本稚嫩的诗簿
春蚕可以破茧而出
蝴蝶也能脱胎换骨
为什么只有我不能
穿越时空
将错过的韶光修补
神终于答应了我的请求
当我终于可以重新走过
终于再一次站在幽深的十字路口
却沮丧地发现
来路
仍是我唯一的选择

往事

我要将过去像卷地毯一样卷起
并毫不吝啬地将之丢弃
只留下杨柳般低垂的温柔
和桃花般艳丽的记忆

她们都说
你错过了繁盛的春
又要错过静美的秋
你的诗呵骨缝里卡满了哀愁

我一一俯首倾听
笑着领受
并决意将所有的诗稿彻底焚毁
让其重新孕育春草般的绿

从此
把忧伤托付给时光
嘱托夜风一并带走
把沉淀在杯底的最后一抹忧
注入酡红的夕阳
勾兑成葡萄美酒
端起过往一饮而尽
举杯往事一醉方休

邀约

立誓要登上顶峰
采撷最美最大的那一朵
立誓要向世界攫取
最完美的幸福最奢侈的快乐

让我沉沦吧
深陷于你美丽的邀约
即使你最终要失信于我

世间有多少等待
能挂上永恒的标符
又有多少等待失散在风中

说过了不再执笔
说过了要把记忆封锁
即使执笔

也要绕过寒凉的秋冬
绕过你曾固执泅渡向我
的那条河
绕过庸常的轻信
以及年少的你　质地稀薄的邀约

最后的温度

你还将爱我吧
爱我纤尘不染的灵魂
即使明日
我终将离你而去

即使你消瘦的肩窝
盛满离愁
即使尖利的锐痛
刮伤年轮的豁口

即使龙脉水竭
牡丹萎枯
即使我从此不再踏上那条
寻访你的路途

从月瘦如眉到月满西楼

从十指紧扣到陌路殊途
诗是我们能攥在手心的
最后的温度

藏匿好一生最浓的深情
让笔不在宋词里哽咽
让死去的青鸟重生
让百花盛放在
我的今日　你的昨夜

昙花

我怎么舍得盛开
在你还未到来之前
而今夜　当我终于
要向你毫无保留地展露姿容
你已黯然紧闭了房间
多么希望
我迎露绽放的声音
能将你惊醒
我蕴藏了一生的芬芳
只为这一刻
能牵动你流转的目光
所以今世错过
来世你是否还会等我
而我会不会
仍是你窗下的那一朵

禅居

将俗世尘嚣挡在山外
将万顷的碧色收进眼帘
在琵琶湖的民宿
阅书品茗　修篱种园

白墙黛瓦浸染天地灵气
木质的小屋俏立在群墅之间
黄昏挽清风散步
清晨约露珠聊天

几杆翠竹　一湖云烟
巍峨的古寺高耸在白云之巅
一群试飞的水鸟
惊起一片涟漪潋滟

每一朵小花都有自己的名字

即使你喊错
她依然不愠不怒
露出或红或紫的笑脸

五月的山风最是调皮
将布谷的歌声
从山的这边搬到山的那边
无人染指的光阴
在静雅的禅居中
幽香阵阵　飞红万点

致闺蜜

我们约好赤足涉过
遥不可及的人生长河
疾风骤雨中
我忙于扶正错位的人生坐标
猛然惊觉　你已远去

悲伤似汹涌的潮水漫过河堤
舔舐灵魂之外的淤青
我又急于将悲伤舀出体外
取出刺入足底的毒针

这手无寸铁的兵荒马乱
这兵荒马乱的烟火人间
像极了生活之于我的诗
的成全

但我相信万物永恒
友情爱情亲情
落地就会
长出相互牵连的须根

纵使要连根拔起
我亦要歃血为肥
再育果丰叶茂的新枝
我听见它在我体内
骨节拔高的声音
肋骨上长出汁满肉厚的甜蜜

我知道呵
那是你之于我的丰厚馈赠
我按紧忧思不让它冲出体外
最让人惶恐的不是离别
而是离别后的思念

七尖峰之魅

从百里之外跋涉而来
只为不负你千年的等待
错过这险峻陡峭的七尖峰
我拿什么安慰昨夜的梦

梦中你向我投下邀请函
我怎能不以圣徒的虔诚
涉水越山
来瞻仰你身姿的伟岸

彼时我站在一千多米的高空
伸手可摘绵柔的云朵
抬头相问隐居的神仙
我有没有能力将如此盛大的美
用笔描摹

你与神仙似乎有了盟约
对我的疑惑坚持沉默
只慰我以
碧树万顷　修竹婆娑

世人都艳羡你摄人魂魄的美
独有我戚忧你千百年的寂寞
纵有奇石和松涛相伴
纵有山风吹开你怀里的花朵

而我能做什么呢
我只能在夕照中伫立成
一尊雕像
再用半生的时间
努力将你
织成一匹绵延叠翠的
锦绣

再访七尖峰

是匠心独具的雕琢
还是大自然的鬼斧神工
溪流要赶赴宴会?
竟垂直向山下奔走
那缥缈氤氲的轻纱
我疑心是从仙子手中滑落

迎风仰望　峰刺苍穹
渺小如蚁的我
立誓登临顶峰
抖落凡尘的灰屑和尘土
在云天的疆界与你再度相逢

苍翠葱郁的玉树召集百鸟
随林涛阵阵吟唱欢歌
岿然矗立的巨石

亦有柔情风骨
政府精准扶贫的福音
敲醒你千年沉睡的梦

古老的银杏支起耳朵
听百岁老人将扶贫政策歌颂
明清的青石板上
镌刻着城管干部
利国利民的举措
再也不肯返城的老知青
用长长的一生
见证着这翻天覆地的变化

看
山泉溪流是你束腰的玉带
晚霞旖旎是你的温情面容
碧波荡漾是你在抚掌欢笑
舞动长风你就能托起巍峨

在千沟万壑的莽林间
两万棵油茶树偷偷钻出泥土
迎风疯长的艾蒿
饱蘸绿汁
将脱贫致富的希望漫山撒播

诗人

——敬致诗人罗爱玉

一只蝴蝶衔着你的诗
蹁跹飞来
我来不及掩口就已惊呼出声
看　那笔尖上满得快要
溢出来的才情
醉了春色　亦醉了鸟鸣

紧摁住狂乱的心跳
含着泪我一读再读
那些长长短短的句子
便精灵般撞疼了我
玻璃一样的心

为什么　只有你可以
把想象力放飞至宇宙之外

为什么　只有你可以
把文字喂养得如此婉约轻灵

上苍赋予诗人的浪漫和敏锐
我全都具备
可我终究少了一颗诗心
更不能进入诗境

为什么　就不能借给我
一颗诗心一脉诗魂呢
就连对你的艳羡和崇拜
都无法准确描述呵

诗人　你可知
多少人艰难地循着你的足迹
蹒跚跋涉
我　便是那个紧随你身后
在梦里都想和字词握手言和的学生

注：罗爱玉，中国作家协会会员，湖北省"百名文学人才"。随州市作协副主席、曾都区作协主席。著有诗集《青青玉米地》《我想送你半个天空》。

我的文学梦

如果生活能像手中笔
可以随时放下提起
那么需要仔细修葺的
又何止是关于你的细节
他们都说
沉浸文字又不能触其脉搏的人
是另类
被这嘲笑羞辱了多次的我
依旧不肯放弃
书写不是为了赢得他人的赞赏
一如杜鹃
没人鼓掌也照常开放
文字缺乏养分
参差地横在我陵园一样的心上
执笔是告别的一种方式
好比妥协即代表遗忘

画家在画布上涂满迷茫
诗人的额上刻着忧伤
而我
在被绝大多数人
摧残得奄奄一息的文学面前
只能艳羡无比又
极其羞愧地仰望

失散的诗行

给梦披上新装
把坚强装进行囊
趁着这漫天星光
去追回失散的诗行
茫茫命途
被时光冲散的我们不曾回望
只记得一帧模糊的影子
倒映出一地的决绝
驻守着生命的荒凉

忘了我吧　吾爱
此生我注定了流浪
注定了要为找回散佚的诗句
一次次起航

刻了微笑在脸上
别一朵祝福在襟上
不问前路多么迷茫
神啊
请赐我足够的智慧和力量
拔出荆棘容希望生长
拆除藩篱拥抱阳光

忘了我吧　吾爱
深情是一场演出
剧终人散
孤独是必然的代偿

而我的终极目标
就是用孤独的一生
将纵横在心上的文字
彻底地剥去忧伤
让盘踞在脑海里的名字
跌进记忆的汪洋

故乡

终于踏上故乡的高岗

是激动是感伤

我来不及分辨已是热泪盈眶

那条魂牵梦萦的小河

已不再是往日模样

槐树下欢跳的孩子

早已是孩子的爹娘

低矮的老屋呵

曾承载了多少我无处安放的梦想

而今　老屋累了似的坐了下来

迎接我的只有

费力搜索着我名字的邻居

和一直不肯收回的怀疑目光

曾发愿要从这里走出去

而走出去的我

却夜夜梦见谷场上空皎洁的月亮

啊　故乡　流浪千里
我仍是你久盼在外的游子
阔别半生
你仍是我魂牵梦萦的地方

桃花泪

一树嫣红

开出千万朵惊喜

像巨大的磁场

拼命地纠缠着游人的眼睛

清风柔媚　桃开千里

顶尖的画师也握不稳画笔

遗憾的是四月不到

就有一只无形的手

来改写你红极一时的命运

露珠夜夜含泪

见证花和树短暂的相聚

和套用千年宋词也诉不尽的

哀怨的惜别

收购商意欲买断

你的哭泣

赚取传说中你体内的养分

唯有我从春天抽身
把野心举过头顶
寄希望与花期
赴一场不散的宴席

注：桃花泪即桃胶。

醉美樱花谷

被暖融的风一吹
你便褪去御寒的外衣
换上如此绚丽的盛装
摇曳着婀娜的身姿

季节换下的衣裙
还来不及清洗
鹅黄和粉红便迫不及待地
钻出枝头　打探春的消息

水库里的浪花
也被我们的足音惊醒
细碎地开出朵朵惊喜
在诗人眼中
瞬间的花期也是一种绝美

拈一朵樱花在手
细细端详
柔细的香气馥郁扑鼻
谁说樱花的出处在日本？
车云山上
爱国的游人欢声笑语

草甸的山樱
绝不是来自东瀛
她是国画里走出来的柔美女子
轻舞水袖
就能漾起万千涟漪
绯红的笑靥妩媚多情
催促着慵懒的三月把盛景描绘

你攀上梅家寨的肩头
烂漫在柯家古寨的村外
怒放出绝无仅有的风彩
把乡间小路
铺成蜿蜒的锦绣

我是比那花香
还要固执的女子呵
想去西山截回落土的太阳
只为
再看一眼再醉一回

心事

据说　到过檀山的人
都忍不住提笔
不蘸夕阳
就写下许多华美的诗篇

四月的山风
吹开姹紫嫣红的一片
光阴　在花海深处打坐
连绕径奔走的水声
也悄悄溜进旋涡
将喧嚣隔绝在尘世之外

红的　紫的　粉的　白的
争蜂逐碟
大胆地裸露着娇艳
像柔媚的少女静坐于绿叶之上

不动声色地
将你目光追撵

夕阳西下　归程渐近
站在园中急切四顾的我
又多了一份
像芍药花一样层层叠叠
繁复而又美丽的
心事

千年银杏

你罕言讷语
伫立在银杏谷的尽头
披着千年的月光
坚守着低眉的温柔
叶绿便生喜
叶落不言愁

我亦动了红尘之念呵
要在你通灵的手臂上
挂上祈愿的红绸
俗世的欲望这么多
你忙完叶黄　又忙着叶落
忙着向游人广施恩泽
致意颔首

但你依然不生白发

漫溯到一千年前
寻栽种你的人
他重孙的重孙是否已暮年
唯余唐朝的月光没有变
照我今日
虔诚且庄重的容颜

借花献你

——致敬抗疫战中牺牲的英灵

二月的风似剪

裁出的三月花红柳绿

玉兰只开在树的顶端

象征你高贵的灵魂

燕子终于衔来疫情归零的消息

山河无恙人间安暖

是你用尽最后一丝力气

镂刻出的和煦

武汉的樱花繁似织锦

而我的悲伤如春汛决堤

唯有借花献你——

在这场鏖战中

献出了宝贵生命的英灵

抗疫必胜的战旗猎猎

最美的背影是迎风逆行

破门而入的早春适宜重生
如果不能
那通往天国的阶梯上
希望你不再负重前行

神奇的叶子背后

——致汪兰

继九儿和三月三之后

我也用80摄氏度的沸水再煮一遍

他们品人生

我品

氤氲着袅袅茶香后的你

颔首低眉间

甘苦参半的生活

被你勾兑成雅致的一杯

蕙兰一样　自散清香

亮如寒星的眸子

清澈如溪

冷不丁窜进的月光

将小院淘洗

如缎的秀发

衬托你毫不自知的美丽

爬山虎翻墙而来
将青葱的绿滴进夏夜
一如超凡脱俗的你
将一片神奇的树叶投进
温度适中的杯底
所泛起的在美学上
无可挑剔的涟漪

静待花开

解禁的三月
挣脱了最后一丝封锁
以和田玉般温润的手指
轻轻剥开桃花的蓓蕾
油菜花也不甘示弱
将嫩嫩的鹅黄恣意泼洒
青绿的树枝上缀满
喜鹊的叫声
仿佛在为我们等了很久的出行
通风报信
那些茁生于旷野的飞燕草
只待春雨一声召唤便如约而至
红黄相间的随州城
与天边的晚霞互为倒影
太阳如一枚完整的果核
终于从云朵中剥离

仿佛一张灿烂的笑脸
脱离口罩后的欣喜
摘一片新鲜欲滴的叶瓣
煮一壶清茶
在氤氲着浓香的时光中
邂逅诗意且低吟浅醉

海子

1989 年 3 月，著名诗人海子在山海关卧轨自杀，时年
25 岁。

——题记

一声惊雷在山海关炸响
苍天的泪水淋湿了你的诗行
以命殉诗是一个诗人
对诗的最高亢的绝唱

"万里无云如同你永恒的悲伤
你站在太阳痛苦的芒上"
俯瞰人间
铁轨的枕木是你
通向极乐的天梯吗
天梯上能否开出朵朵幸福的希望

是谁转移了天才的快乐
是谁挪用了你诗中的温度
让生的沉重漫漶了你的诗卷
人类的苦难在你笔下颤抖

你被困在绝望的深渊
像孤独的羔羊迷失在草原
阳光已穿透了云层
春天已经不远
为何你不肯回望那湛蓝的天

世人在你诗的世界里忧戚
诗者在你诗的幻梦中痴迷
失魂的亲人至今哀痛
失你的诗坛几度失语
海子啊
到底是该把景仰给你
还是该在你的诗前哀泣

马路天使

你是交通的导航灯
磐石般坚韧地伫立
你校正着车辙的轨迹
梳理了拥堵的焦急
你是红绿灯下最美的风景
汽车尾气中依旧兢兢业业

你是人民的守护神
一生为百姓的安全思忖
你在平凡的岗位见证着不凡
你永远驰骋在公正为民的征程
你如翠竹挺拔不屈
你似红梅迎霜傲雪

时而是岿然耸立的雕像
时而是挥洒自如的指挥棒

时而搀扶路人过街走巷
时而执法为民保驾护航

鳞次栉比的高楼下警徽闪亮
崎岖险峻的山路上迎来送往
霏霏雨雪中履行神圣的使命
无私执守不负人民的嘱望

你拂开清晨第一缕曙光
标准的手势轻舞慢扬
你挥别最后一抹残阳
却忽略了自己的飒爽英姿
肩担重任　身披辉煌

不忘初心　牢记使命

2017 年 10 月 18 日
党的十九大隆重开幕
人民大会堂世界瞩目
五年的反贪防腐　五年的风风雨雨
随着总书记矫健的步履
伟大的党已踏上强国富民的征途

经济建设取得重大成就
深化改革取得重大突破
人民的生活不断改善
从严治党　成效卓著

一百年前　中国人民苦难深重
实现中华民族的伟大复兴
非共产党人莫属
他们经历的斗争卓绝艰苦

他们肩负起历史使命义无反顾
他们不忘初心矢志不渝
他们谱写的史诗气吞山河

五星红旗飘扬在天安门的城楼上
五十六个民族手拉手
齐颂改革体制的新战略
展望繁荣兴盛的新蓝图

十九大拓新路创辉煌耀神州
党的光辉照千秋
党领航万众捷报传硕果丰
中华大地凯歌高奏
祖国的未来前程锦绣

一池一岛胜蓬莱

从玻璃栈桥上凌云飞渡
悬空的尖叫和欢笑
跌进空幽的山谷
溅起一阵阵惊叹　惊叹
这高耸入云的鬼斧神工

再从碧波万顷的映天池
驾一叶扁舟
潋滟的波光一浪赶着一浪
惊起心底涟漪无数
轻点竹篙　即可
荡开应天寺缭绕的仙雾

绕池奔走的千亩茶树
如一条条碧色游龙
蜿蜒逶迤在青山秀水间

吐瑞纳灵　盘桓不去
仙鹤飞进游客的镜头
交颈细啄　环飞低鸣
与喽喋的鱼儿喃喃私语

自然泼墨　上帝挥毫
一气呵成的长寿仙岛
在人间瑶池之畔等你来寻
饮此水　居此山
只需旦夕
"长寿"将不再是梦

梅雨仲夏银杏谷

绿
漫过足踝漫过山脊
漫过千年银杏的树顶
漫过触目所及
喜欢仰望的人都知道
昨日微雨
是这片绿　滴出来的水

让我借白鹅的长喙
叼起池心那一朵睡莲
隔着层层涟漪　与之
确认眼神
那一年的那一朵
仍开在离我心脏最近的距离

银杏树们都到齐了

需要喝酒壮胆
才敢忆起那年秋日
你略带忧伤地笑着
静看　漫天金黄如何
片片飞舞

千年石磨沉默如谜
于我　每一块都是再度相遇
每一棵银杏树　也是
这火焰般腾起的感动和欣喜
终于让我明白
爱　原来是不分四季的
夏绿秋黄
都同样美得惊天动地

人生若只如初识

倾慕的生发其实就在一瞬

一句温馨的问候

一段暖心的文字

一首意象明晰的诗

都在这个黄昏漫上池堤

几尾不知疲倦的鱼

驮着曾经的诺言

选择性失忆

池畔垂柳　南风又起

素色衣袂

掀起一池失散的涟漪

是不是　人的一生

只是一种等待

等待被爱　等待被忘

等待命运无情地攫取

何时　何人

在无声地呼唤

呼唤那逐日远去的百般不舍

的背影

如果一切的悸动与辗转

都只是为了这刻的寂静

如果一切的希望和热切

都只是为了此刻

千万遍的寂寞迂回

甘愿　是一个多么恰当的词

因爱而生的一切滋味

我都要亲历

仿佛飞蛾扑火义无反顾

且带笑含泪

毕竟　以诗为渡

曾经相遇

余生将永远是你　迎渡我诗

致傲冬

一直怀揣一个梦
既有清照的情怀
又有李白的豪放
一笔诉清愁
一笔书豪爽

而你　就是那个
眼神里写满故事
骨子里镂刻着
豪情万丈的女子
初见惊艳　再见惊叹

何人有如你
惊世骇俗的容颜
何人有如你
高贵典雅的气场

何人有如你
虚怀若谷　襟怀坦荡

一袭白衣　高绾发髻
如一枚闪亮的银币
在汪洋的夜色里
袅娜旋转　迷倒众生

七夕跌进酒杯
我跌进你幽深的眼眸
你力道诚恳的拥抱
让我想起一句话
"你的气质真的挺巴黎的"

后记

走进上官灵儿的内心世界

作者：王登科

　　我和上官灵儿其实素昧平生，谈不上一点儿的私人往来，所以对她的个人经历和私人生活基本上一无所知，完全可以用"空白"一词来形容。注意到她，是一次偶然的机会，从神农文艺公众号上读到她的一首诗，诗的语言很凝练，比较吸引人，格调相当高，字里行间似乎隐藏着很多的故事。之后出于好奇，便搜索了她的一系列作品通读了一遍。

　　读完上官灵儿的诗，第一感觉，这是一个才华横溢的女子，对日常的生活有着极其深刻的感悟和相当刻骨的历练，并且其间必然还包含着不可言说的痛楚和难以逃离的梦魇。她的诗，每个词语里面都飘逸着才气，无不显示了她对文字熟练的驾驭能力，将她内心的每一点感受都表现得淋漓尽致、恰到好处，一丝一毫间显示着诗人自己对现代诗独特的思想见解和特有的视角诠释。

　　读上官灵儿的诗，你会有一种说不出的痛感，你看诗人在

《可惜你不懂》中写道："深爱后的别离／是一场生与死的博弈／可惜你不懂／闪电撕破天空的碎裂／似你　在我身上纵刀横切……拿原味咖啡勾兑生活／再满斟一杯忘忧水／稀释舌尖上的苦／可惜你不懂／沉默是一个人最悲的哭……"醉过才知酒浓，爱过才知情重。这是曾经经历了多大的不幸，有过多么难以忍受的过往，才能写出如此绝望的文字啊！诗人的用词，相当的伤感和哀怨，感染力超强，令人不由自主地被诗中的文字所左右，心绪变得极不安宁，完全为诗人写诗时候的那种情感所包围。你会觉得自己的眼里、身上、脑中无不弥漫着她当时创作时的那种复杂的，深陷其中却难以自拔、无力逃避的忧伤无奈，却又极力想寻找出路的心境。感情的事情，一旦上升到"生与死"的高度，那必定是一场全身心的投入，而如此大的投入过后，换来的却是辜负，甚至是折磨，该是一种怎样的尴尬和无助呢？读了这痛彻心扉的文字，你会感觉自己的心也在滴血。

　　你再看她在《昨日时光》中写道："我以囚徒越狱般的／急切和仓皇／奔走在逃离过去的途中／却尴尬地和命运狭路相逢／／凌乱的足迹在心宫重叠／踩疼了幽微的昨日的背脊／独有那神情戚戚的星光／洞悉我盘桓踯躅的秘密／／这夏日繁盛的林木／这四季轮回的仓促／这笔下依然不能复活的爱呵／隐藏在日与夜的交界处／不怀好意地亟待我／被岁月的利刃刺中／／还我青春我还是浪费／还我爱情我依旧挥霍／我的昨日／是迷途在森林里的小鹿……"读她的诗，你会看到许多不常见的词语，"幽微""戚戚""踯躅"……这些词语，能让读者深切地感受到：这便是她对自己独特的生活体验和曾经遭遇挫折时的真实感受，是常人不曾经历过的，甚至闻所未闻的。也许我们会觉着不能理解，也许我们会感觉读不懂，但这正是诗人生活中的真实境遇，缠绵哀怨的情感，无可奈何的妥协，心如死灰的僵持，无法逃避的现实。诗人在现实中无法改变现状，便只能在文字的世界里，寻找一份自由。因为生活，虽然可以打击一个人的信心，玩弄一个人的情感，折磨一个人的灵魂，摧毁一个人的意志，改变一个人的心境，蹉跎一个人的时光，却没法左右一个人的思想。一个诗人的思想，可以轻松地借助文字的翅膀在诗的世界里自由地驰骋，肆意地游荡，忘我地飞翔。

读惯了上官灵儿的这种文字，你会不自觉地认为，诗人的一颗心，总游离在热闹的边缘，徘徊于孤单的中央，纠缠在现实的无奈中。你看诗人在《相思的疾》中写道："把梦切下一块/放进你均匀的呼吸/如此我就可以随你进入同一个梦境/我可以/把天空染蓝　把大地涂绿/让欣喜和安然取代你长日的叹息/草茵　风柔　雨细/难道还不能医你相思的疾/湖心轻舟　我已为你调好/六弦素琴/只待你清越的歌临风唱起/亲爱的　别再把生活锁在门外/人世间/又有谁不为岁月所欺/清贫如我　无以相赠/只有我的诗如散落的玉珠/悄然串起你的浅笑/秋千一般/在你唇边荡起"。心灵的孤单，比身体的孤单更能摧残一个人的意志，也更能改变一个人的世界观。诗人对文字有着天生的领悟灵气和驾驭手段，信手拈来的只言片语，却已足够表达自己复杂的心绪。但是，这种心绪的表达，却在不经意间浸染了孤单的因子。每一个词语的空隙里，都满满地塞进了孤单的气息。诗人极端厌恶当前的这种境况，更是无比痛恨造成这一切的根源，却始终无法脱离，难以放下，哪怕是这些文字，也交织和夹杂着那种努力挣脱却欲罢不能的凄凉。诗人在这种境况中的痛苦挣扎，会让人心疼，并心生怜惜，想为之助一臂之力，但终究是徒劳。我们永远只能嗅着她文字的味道，徘徊在诗人构筑的文字世界边缘，可以接近，可以触摸，可以慢慢感受，却无法替代，更无法消除这种笼罩在诗人心头多年挥之不散抹之不去的、对生活的失望和在其中的努力挣扎。这种状态，只能通过诗人自己的努力，去跨越这种痛彻心底、哀怨纠缠的文字的桎梏，才能得到心灵上的自然解脱。

读多了上官灵儿的诗，仔细想想便会有这样一种感觉：诗人经常会把自己封闭在一个看似远离情感，实则纠缠不清且难以逃离的个人世界里。诗人在《观众》中写道："终于明白导演为什么安排我/在剧场最幽暗的角落/因为你的故事里/她才是不可或缺的主角/无论我朝着哪个方向奔突/都不能进入这场旷世演出/我只能远远地/观望着你和她无懈可击的配合/再报以热烈的掌声/和深藏于心的倾慕/而你是不能回头的/在幕还未落下之前/所以你永远不会看到/那个微笑着为你流泪的观众"。诗人正如同这个胆怯的观众，内心其实渴望展现自己，但现实中却不敢鼓起勇气抛头露面。多数情况下，她一方面渴望假装在不经意间展现出自己内心的柔弱，但又不愿意将自己复杂的心事全部让读者知晓，所以用隐晦难懂的词语掩饰过去，时而朦胧委婉，时而顾此而言彼。另一方面她更害怕别人读懂她的心事，因为这无异于将她的过往，一览无余地展现出来让人审视。试问生活中谁能有勇气让自己真实的心绪暴露在众目睽睽之下呢？但是任由这种心绪深埋于心，假装当作什么事情都未曾发生过，这也是诗人无法接受的。诗人只是需要这么一个文字世界，既不过多地表露难以言说的柔弱，也能稍微地释放自己压抑的心境，隐晦地描摹出曾经的痛楚与苦恼，彷徨和无助，让文字自带的"消炎"功能，来安抚和清洗这颗混迹于世间多年、蒙尘已久、遍体鳞伤且找不到归处的心。

有幸读到上官灵儿的这些诗，忍不住写出了自己内心的真情解读。正是因为她如此深厚的文字功底，和对生活、对情感入木三分的描摹，才让我走进了她用文字营造的那个多彩世界，并在这个世界里长久沉迷，流连忘返。请允许我真诚地表达对诗人才华的顶礼和膜拜。

　　生活没有回头的路，时间是治愈一切心病的良药。未来总是充满了希望，悲伤也是一天，开心也是一天，我们为何不擦干眼泪，坚强转身，抛却过往，微笑着面对每一个崭新的清晨呢？愿下一次再见你的诗，已是寒冬远去，春意盎然，雨过天晴，彩虹显现；愿你的文字变得活泼，不再哀怨，并开始和我们分享你的欢乐、你的幸福；愿你的心从此找到归路，充满爱和阳光！

我所认识的上官灵儿

作者：黄　强

　　曾读到过这样一首诗：曾以为我有足够的意志／囚禁自己的思想／以为笑着笑着／就能把你遗忘／而你如花般的笑容／总是猝不及防绽放在我心中央……我不禁为之深深动容。

　　让我意想不到的是，这首轻灵之作出自一位随州女孩之手，署名是上官灵儿，一下子突生好感，想起了唐朝的巾帼宰相上官婉儿。后来才得知上官灵儿原名叫黄佳音，自小酷爱文学，曾任多家文学网站的编辑，且在《楚天都市报》上发表过诸多评论。

　　优秀的作品都是岁月酿出来的美酒。人人都能说话，却并非人人都能写作，写作是一项有难度的工作。我想，灵儿对写作不仅仅只是发乎内心的热爱，她身上有一种对文学锲而不舍的精神。我们一直想征服文字，却穷其一生，也难以成功，写作除了平常的日积月累外，灵感是必不可缺的，有时一年半载写不出一篇佳文也很正常。创作是一个永不结束的过程，我相信，灵儿的文章必将在随州这片神圣的土地上留下浓墨重彩的一笔。

　　读灵儿的诗有一种赏心悦目之感。我认为一首完美的现代诗有三美，即音乐美、建筑美、格调美！而灵儿的诗具备矣。

　　一是音乐美。例如那首《失散的诗行》，"给梦披上新装/把坚强装进行囊/趁着这漫天星光/去追回失散的诗行/茫茫命途/被时光冲散的我们不曾回望/只记得一帧模糊的影子/倒映出一地的决绝/驻守着生命的荒凉……"，这段文字犹如五线谱在钢琴上跳跃，读起来朗朗上口。

　　二是建筑美。例如那首在琵琶湖采风而作的《月光下》。首先看到清凉的湖水而产生一丝淡淡的忧伤，"站在爱情岛的中央/揽一把清凉的月光/琵琶湖的水呵/已相思成殇"，接着写到知音难求，只能深夜邀月买醉，"对月举杯　夜已深醉/今夜的我/还将枕着思念入睡/收捡起一湖月光/放纵你在我梦中徜徉"，最后借天上的星星许下心愿，希望把爱和正义写进诗行，"而星星早已启程/晨光即将莅临/把诺言都夹进书页吧/翌日/你和文字挽手/走进我的诗行"。不得不说，灵儿是个文字建筑师，构思清晰自然，上下段衔接天衣无缝，决不牵强附会，拖泥带水。

　　三是格调美。现代诗虽然脱离了古体诗的平仄押韵，不拘泥于格式，但不是如白话般的断字成行。灵儿的每首诗都有独特韵味，蕴含人生哲理。有的诗似乎诉说着人生的无奈，却也洋溢着作者对爱情、亲情、友情的向往。《我》中写道，"喜欢看微雨飞扬听晨鸟歌唱"，诉说了作者想脱离世俗生活，渴望与大自然亲密接触。《蒜瓣》中写道，"问谁还能捡拾一瓣一瓣的过去/请咽尽我最后一缕香气/忘记我曾怎样固执地坚持/坚持要把完整/呈现给不完整的人类"，反映了作者孤芳自赏、不愿与世俗同流合污的心态，颇有《葬花吟》里写的"质本洁来还洁去，强于污淖陷渠沟"的风韵。这样的诗还有很多，就不述说了。

灵儿不仅现代诗写得极佳，散文有古风之美，读起来朗朗上口。当我读了那篇《红尘无泪》后，我想，我是无论如何也写不出来的，红尘似有泪，我们犹如背负千担的蚂蚁，在大自然面前显得是那么渺小，可我们依然热爱这片土地，不为命运所屈服。在作者眼里，生活应该有书、茶、爱和阳光，我情不自禁被一种柔软的情绪感染。

灵儿应该还是一个极其看重亲情的女孩。那篇《拿什么来爱你，我的弟弟》，每每读来，几经落泪，姐弟之情跃然纸上。姐姐的自责，是10岁时打了弟弟一巴掌，而造成弟弟一生内向老实。其实苦难是一本厚重的书，弟弟是一个坚强的人，他不忍看到亲人为他难过，总是把阳光的一面示给亲人，这才是一个真正男子汉所为，有担当、重情义。

我虽然与这位跟我同姓的女孩从未谋面，但我能从她的诗文读懂她丰富而细腻的内心世界。也许用她的那句名言作为座右铭再恰当不过了："若不爱白雪皑皑的山巅，就不会爱上萧瑟凛冽的冬天；若不曾爱我忧郁诗意的孤独灵魂，就不会爱我被时光侵蚀的苍白素颜。"

愿岁月回首，让这位颇具灵气的女孩不再有生活的磨难。当我读懂了她的诗文，才算走进了她的心灵，进而懂得生活的真谛！她用她的文字，点亮了人间最美的灯火！